Gloups ! J'ai avalé
Cornebidouille !

« *À tous les mots de ventre.*
À tous les ventres en maux. »

Pierre Bertrand

ISBN 978-2-211-23815-1
Première édition dans la collection *les lutins* : octobre 2018
© 2016, l'école des loisirs, Paris
Loi numéro 49 956 du 16 juillet 1949 sur les publications
destinées à la jeunesse : novembre 2016
Dépôt légal : octobre 2018
Imprimé en France par Pollina à Luçon - 85577

Une histoire de Pierre Bertrand
illustrée par Magali Bonniol

Gloups ! J'ai avalé Cornebidouille !

les lutins de l'école des loisirs
11, rue de Sèvres, Paris 6ᵉ

« Pierre, veux-tu mettre cette poubelle dans le jardin s'il te plaît ?
Elle ne sent pas très bon ! »

« Oui maman, je m'en occupe tout de suite ! »

« C'est très bien mon chéri. »

« Ah ! Comme notre petit Pierre est gentil en ce moment »,
apprécia sa grand-mère.

« Il est si mignon ! » renchérit son grand-père.

« Mouiiiii… » rétorqua son papa. « Dommage
tout de même qu'il ne mange toujours pas sa soupe ! »

Pendant ce temps, nos deux petites sorcières chuchotaient dans la poubelle :
« Nom d'une crotte de Bidouille, ce petit morveux nous a encore eues ! »
« Pas pour longtemps », répliqua l'autre. « Unissons-nous et nous le mettrons à genoux. »
Et aussitôt…
« *Cornebidouilli Cornebidouilla… deux en une redeviendra !* »

C'est ainsi que nos deux sorcières ne furent
de nouveau qu'un seul grain de poussière…

… qui escalada le dos de Pierre…

« À table, mon chéri ! » appela sa maman. « Il y a un délicieux bol de soupe pour toi ! »
« Naaaaan, j'veux paaaaas… ! » rétorqua Pierre en bâillant. « Et je suis fatigué, moi ! »
Mais hop, Cornebidouille en profita aussitôt pour sauter dans sa bouche.

« Hips ! » fit Pierre soudainement.

« Oh, Pierre ! » s'inquiéta sa maman. « Tu as le hoquet ? »

« Non merdran, mais… j'ai avralé de tavers… hips… ! »

« Mais qu'est-ce que c'est que ce langage ? » gronda son papa.

« Oh cracra, je crois, hips, que je me suis enrhubidouillé ! » répondit Pierre d'une petite voix.

« Je ne comprends rien à ce qu'il nous raconte », s'affola la grand-mère. « Vite, il faut appeler le docteur ! »

Quelques instants plus tard…

« Bonjour mon petit. »

« Bonjour tracteur ! »

« Dis donc », rétorqua le docteur, « tu pourrais être
un petit peu plus poli ! »

« Mais c'est comme ça depuis tout à l'heure », s'inquiéta
sa maman. « Il a mal à la gorge et il dit des gros mots.
Je crois qu'il a avalé quelque chose de travers ! »

« Bon, essaie de dire trente-trois », poursuivit le docteur.

« Tête de putois ! »

« Euh non », insista le docteur… « Trente-trois ! »

« Prout de chamois ! »

« Trente-trois ! » s'énerva le docteur. « Ce n'est pas
compliqué tout de même ! »

« Gros tas de caca ! »

« Je m'en vais », fit le docteur agacé. « Votre petit Pierre
a dû faire une indigestion. Une petite soupe et
l'apprentissage de la politesse devraient lui faire du bien ! »

« Mais docteur, il n'aime pas la soupe ! » répondit sa maman.

« Alors qu'il aille au lit et qu'il se repose ! Au revoir
tout le monde », fit le docteur en claquant la porte.

« Au revoir chou-fleur. »

« Ooooh Pierre ! » s'exclama la petite famille indignée.

15

Et Pierre fut envoyé au lit sans plus attendre.
Cornebidouille en profita aussitôt pour
descendre dans son ventre.

« Cette fois, je te tiens, mon petit boudin ! »
« Sors de mon ventre, Cornebidouille ! »
s'écria Pierre.
« Non mais tu rigoles, tête de gondole.
J'y suis, j'y reste ! »

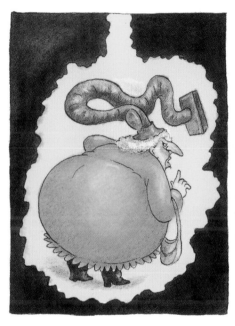

« Je vais juste faire un petit brin
de ménage », ricana-t-elle sournoisement.
« Et d'abord… un petit coup d'aspirateur. »
« Hoooo ! Non », fit Pierre en gémissant.
« Ça me chatouille ! »

« Puis un petit bain de vapeur ! »
« Aaaaaah… Ça me brûlouille »,
se tordit-il en toussotant.

« Et décorer cet intérieur. »
« Ouillle… Ça me piquouille ! »
supplia-t-il en transpirant.

« Tant mieux, petit morveux…

… Aaaaaah, ce ventrappartement
me convient parfaitement ! »
dit-elle en s'étirant.

« Peut-être trop petit tout de même ? »

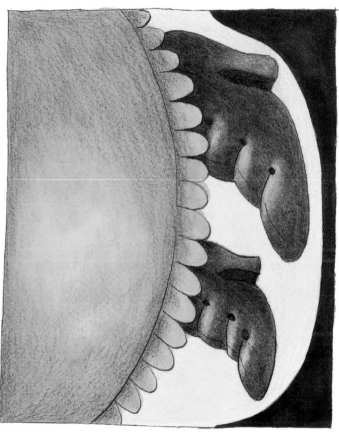

Et elle se mit à grossir…

… à grossir…

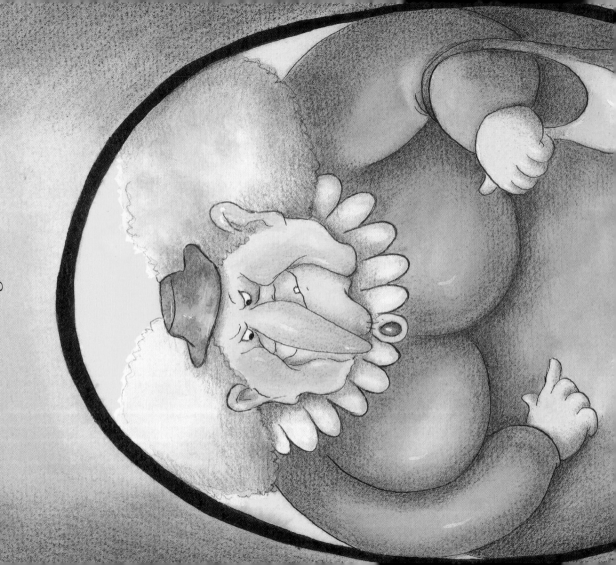

... à grossir.

Le ventre de Pierre était énorme.
Il eut beau tousser, pousser, roter, rien n'y fit :
Cornebidouille était bien installée…

C'est alors qu'il eut une idée.

« Vous avez gagné, madame la sorcière, je vais manger ma soupe,
mais sortez de là par pitié, sinon, je vais éclater ! »

« Eh bien, vas-y, face de pissenlit, mange-la, cette soupe ! »

« Mais si vous êtes dans mon ventre, je risque de vous noyer. »

« Ah, c'est vrai ça, nom d'un pipi de chimpanzé, je n'y avais pas pensé ! »

« Et puis… je salirais votre jolie chevelure… »
« Ah bon ?… »
« J'abîmerais votre belle robe de verdure. »
« Ah bon ? »
« Et vos si jolis yeux bleu d'azur ! »
« Ah bon ?… Oh ! » fit-elle en se trémoussant,
« foi de tourterelle, c'est la première fois
qu'on me trouve belle !… »

… Mais si je sors », reprit-elle sévèrement,
« est-ce que tu la mangeras vraiment, cette soupe ? »
« Bien sûr, bien sûr, madame Cornebidouille ! »
répondit Pierre malicieusement en se dirigeant
vers la cuisine.
« Eh bien, j'arrive tout d'suiiiiiite ! »
gloussa-t-elle en se rétrécissant.

Mais dès qu'il sentit la sorcière
dans sa bouche, Pierre se précipita
à la cuisine, s'empara de la soupière…

… et cracha Cornebidouille dedans.

« Sors-moi de là, face de cancrelat ! » rugit Cornebidouille. « Sinon, je vais te plumer comme un poussin. Te faire manger ton p'tit lutin. Te fessouiller le popotin ! »

« Même pas peur, grosse momoche à vapeur ! Vous n'êtes qu'une margoulette en jupette. »

« Comment ? »

« Une tripette de vieille biquette à sonnette ! »

« Comment ? »

« Une mémé poulette qui pue et qui pète. »

« Comment ? »

« Bon bain, madame la sorcière ! »

« Nooooooooon… ! » hurla Cornebidouille en s'enfonçant inexorablement dans la soupe.

Et le lendemain matin, au petit déjeuner…

« Bonjour tout le monde ! »

« Bonjour mon chéri. On dirait que tu as meilleure mine aujourd'hui »,
se réjouit sa maman. « As-tu mangé ta soupe ? »

« Euh non », répondit Pierre, timidement, « j'ai juste craché dedans. »

« Mais c'est dégoûtant », tonna son père en s'énervant.

« Pas mal écœurant ! » insista son grand-père en grimaçant.

« C'est que… j'avais très mal au ventre », se justifia Pierre en se tortillant.

« Zut », ajouta sa grand-mère en souriant, « et moi qui pensais te préparer ce soir
un bon bouillon de pommes de terre. Tu es sûr que tu n'en prendras pas ? »

« Nan, j'veux pas ! »